見習小仙

貳 埃及試煉之旅

卓瑩 著

SANDYPIG 繪

新雅文化事業有限公司
www.sunya.com.hk

目錄

角色介紹

孔嵐

見習小仙之一。淡定成熟，好奇心強，喜歡用相機記錄身邊事，夢想成為一名神探。與龍爽、程小黑、戴樂天等人是同學及鄰居。真實身分是南門的鳥族弟子，法器是一枝鳳簪。

龍爽

見習小仙之一，孔嵐的同學及鄰居。性格直爽，活潑精靈，熱愛科學，曾多次獲得「少年創新科技」設計獎。真實身分是東門的龍族弟子，法器是一枚龍鱗吊墜。

戴樂天

見習小仙之一，孔嵐的同學及鄰居。愛說笑話，傻氣十足，擅長跆拳道，平日愛打抱不平，可時常烏龍百出。真實身分是西門的獸族弟子，法器是一條虎皮手帶。

程小黑

見習小仙之一，孔嵐的同學及鄰居。外冷內熱，平日沉默寡言，但十分博學，還是個游泳高手。真實身分是北門的水族弟子，法器是一枚蛇龜指環。

九天玄女

熟諳兵法的仙子，協助及監察四位見習小仙於凡間的一切事宜，原本是四位見習小仙的好友。

引子

　　相傳遠古時代，天帝按天上的二十八星宿，將大地分為東、南、西、北四個方位，成立了東院、南院、西院及北院，並分別指派青龍、白虎、朱雀和玄武四位仙子主理。四位仙子對付妖魔鬼怪，保護天下蒼生，受萬民景仰。

　　然而隨着時代進步，人們對神仙的信仰開始動搖，四仙的影響力漸弱，邪惡力量日漸壯大，甚至幻化成人形，混入普通人中。並組成一個龐大的邪惡組織，邪惡勢力致力於擾亂人間，曾引發多次世界大戰，令生靈塗炭。

　　天帝不忍見凡人受苦，於是命令東南西北四院，分別派遣一位門下弟子下凡成為見習小仙，除妖伏魔，拯救地球。見習小仙亦需在凡間修煉法力，若能通過一系列的考驗，便可位列仙班，成為四院之主……

見習小仙修煉守則

一. 龍族、鳥族、獸族和水族本是一家，
　　四族弟子應合力降魔伏妖，以保人界
　　與天界萬年安好。

二. 見習小仙乃是凡身，不具法力，只可
　　利用法器施法修行。

三. 凡成功降伏妖魔者，可盡得妖魔之修
　　為，待法器將當中戾氣盡去後，法力
　　可晉升一級。

四. 見習小仙須進行修煉，直至妖魔盡
　　去，功德圓滿，方可回歸仙界。

五. 凡仙妖間之事情，一概不得向凡人透
　　露，以免泄露天機。無論任何情況
　　下，皆不可使用法術傷害人類。

第一章
穿越無疆界

一個陽光普照的夏日早上，萬里無雲的天空突然烏雲密布，不過短短一剎那，便出現了一個巨大無比的漩渦。

漩渦來勢出奇的猛烈，猛烈得就像五級龍捲風似的。

面對來勢洶洶的龍捲風，孔嵐、程小黑、龍爽和戴樂天都無力招架，只能順着漩渦轉啊轉的，任憑它把自己帶往一個未知的目的地。

孔嵐只記得她跟程小黑和戴樂天都是應龍爽之邀，一同前往展覽中心，參觀一場規模盛大的國際青少年科技博覽會。

他們到達會場後，龍爽便巴巴地帶着他們來到其中一個展覽攤位，獻寶似地向大家介紹她的最新發明——一個外表看起來跟普通膠框眼鏡無異，但實際上能一目千里的太陽能望遠鏡。

戴樂天第一時間把眼鏡戴上，興致勃勃地走到一旁的玻璃幕牆前，眺望窗外海天一色的美景。

不知過了多久，孔嵐只聽得他忽然「呀」地驚叫一聲。

還未弄清到底是怎麼回事，她只感到身子驀然輕飄飄地往上升，整個人便已越過展覽館的玻璃幕牆，跌進了這個比龍捲風還要猛烈的漩渦當中。

處身於一片白茫茫的漩渦之中，孔嵐什麼也看不見，只能聽到好友龍爽埋怨地吼道：

「我們才剛回來沒幾天，怎麼又得出發了嘛？而且還要是如此猛烈的龍捲風，到底要把我們帶到什麼地方啊？」

龍爽話音未落，孔嵐便聽得「噗」的一聲，知道自己已然落回地面。

一觸及地面，孔嵐立時感到一陣出奇的滾燙，忙下意識地把手縮了回去，迅速從地上一躍而起，驚呼出聲道：「哇，地面怎麼會如此炙熱？」

她趕緊抬頭往左右一看，發現這兒並非他們熟悉的七彩仙境。

舉目所見，四周是一片空曠的荒漠，沒有人，沒有馬路，沒有房屋，沒有樹木。除了一望無際的黃沙與雜草外，什麼都沒有。

這兒的天氣十分酷熱，猛烈的陽光沒遮沒擋地直罩下來，讓前一刻還處於涼快的展覽場

館中的四人，有一種恍如被人驟然扔進火坑裏的感覺。

陽光把地面上的沙土照得熠熠發亮，孔嵐把手掌擋在額前，半瞇着眼睛四處張望，滿心疑惑地問道：「這兒到底是什麼地方？」

緊接着來到的龍爽、程小黑和戴樂天，也同樣被眼前的情景所震懾住。

龍爽左右四顧，同樣不敢置信地驚叫道：「天啊，我們該不會是來到沙漠了吧？」

戴樂天點點頭，一本正經地接腔道：「你猜得對極了，我們的確是來了沙漠，而且還是埃及的沙漠。」

「小天，你這個玩笑也開得有點過頭了吧？」龍爽乾笑了一聲，有些受不了地連連擺手道：「我們只是被捲進漩渦裏去，又不是坐飛機，怎麼可能忽然到了埃及？」

戴樂天伸手往左前方一指，頭也不回地說：「我沒有開玩笑，你們看！」

　　大家見他一臉認真的樣子，便循着他所指的方向望過去，可惜無論他們怎麼看，也只能看見一片荒漠，其餘什麼也沒有。

　　龍爽感到自己被戲耍了，立時瞪了戴樂天一眼，罵罵咧咧地說：「你這個大騙子，專門撒謊，就不怕鼻子會變長嘛！」

　　但戴樂天似乎並未聽到她的話，仍然大驚小怪地直嚷嚷：「你們快來看，那個蹲在最前方的石像，該不會就是獅身人面像吧？」

　　龍爽「嗤」聲一笑，完全不相信地嘲笑道：「別演了，你不知道自己的演技有多差嗎？」

　　戴樂天這時才回過頭來，托了托臉上的膠框眼鏡，一本正經地說：「我可沒騙你，不信

你自己看看！」

當龍爽看到他的臉上，原來仍然戴着自己製作的太陽能望遠鏡時，頓時心生疑惑地想：難道他真的看到了一些大家都看不見的東西？

「看就看！」她連忙走上前去，把他的眼鏡一把奪了過來，往自己臉上一戴，只見遠遠的前方，果然有好幾個尖尖的物體，在一大片黃得發亮的沙土中凸顯出來。

這些物體看來都是方錐形，的確有點像是埃及的金字塔。

龍爽輕輕按動眼鏡框旁一個隱藏式的小按鈕，把望遠鏡的鏡頭再拉近一點，才總算看清了這些物體的全貌。

它們都是呈方錐狀，雖然各自的體積和高度都略有不同，但明顯都是由一塊塊方方正正的大岩石堆砌而成。

這樣的形態，若非金字塔，又還能是什麼？

「我沒騙你吧？」看到龍爽驚愕得張大了嘴巴，戴樂天有些得意地歪着嘴角笑道：「如果你還不信，大可直接去看個究竟，反正金字塔離我們也不算遠！」他邊說邊拔腿就往前跑去。

不過，那些金字塔看似不遠，但實際上一點也不近。

正當戴樂天跑得直喘氣時，頭頂上卻傳來龍爽一陣「哈哈哈」的嬌笑聲：「小天，你還在用腳跑，也太原始了吧？」

他抬頭一看，只見龍爽、孔嵐和程小黑，正安坐在一隻像飛碟似的鱗片上，輕輕鬆鬆地從他頭頂上一掠而過。

「對啊，我怎麼忘了爽爽的法器碧兒，就

是一塊會飛的鱗片啊?」他輕敲腦袋，暗罵自己太笨之餘，只好急急追趕着喊道:「唏，等等我啊!」

龍爽笑着一揚手，鱗片碧兒立即低飛到戴樂天跟前，待他一跨上去，便隨即呼嘯一聲，快速地朝着金字塔的方向飛去。

從高空往下俯瞰，這片金燦燦的沙漠地貌即時盡收眼底，他們都清晰地看見，地面上果然聳立着一羣大小不一的金字塔。

程小黑指着這些金字塔，以無比確定的語氣道:「從金字塔的大小及位置分布來看，這兒的確就是我們熟悉的吉薩金字塔羣。而那個蹲在前方的巨型石雕，應該就是埃及最具代表性的名勝——獅身人面像了!」

孔嵐忍不住舉起脖子上的照相機，「咔嚓咔嚓」地把整個金字塔羣，全都拍了下來。

看着眼前的一切，龍爽仍然有些難以置信：「我們真的來到埃及了嗎？還是玄女姐姐把我們帶到天庭的某一個角落？」

孔嵐搖搖頭苦笑道：「我不知道天庭會否有一個像沙漠的地方，但即使真的有，也不會跟埃及吉薩金字塔和獅身人面像一模一樣吧？」

此時雖然時間尚早，但金字塔羣的四周，已擠滿了拍照觀光的遊客、導遊和駱駝，旁邊不遠處，還聚集了許多馬車夫和一些小販攤檔，他們都在殷勤地向遊客們大聲叫賣，熱鬧非常。

戴樂天忍不住讚歎一聲道：「這些金字塔，我在書本上看過無數遍了，可惜一直沒有機會親眼見到，如今難得來到，我們不如趁機逛一逛啊！」

「我們糊里糊塗來到這兒，既不知為何而來，也不知該怎麼回去，難為你還有心情到處閒逛！」龍爽瞪了他一眼。

孔嵐也點頭附和道：「爽爽說得對，我們必須儘快找到回去的方法！」

程小黑歪着腦袋，開始嘗試分析起來：「我們自從得知自己的真實身分後，每次來回仙境，都是依靠天邊出現的漩渦。所以我們最重要的就是找出令漩渦出現的方法。」

「我們雖然已經去過仙境好幾回，但每次都是突然被帶走的，根本捉摸不透漩渦何時何地會出現啊！」龍爽有些無奈地攤了攤手。

孔嵐沉吟半晌，然後以不太確定的語氣問道：「回想起來，每當漩渦出現的瞬間，我們好像都正處於最危急的狀態。難道唯有當我們遇險時，它才會出現？」

龍爽不以為然地搖着頭道：「但這次我們只是在參觀展覽會，根本沒有任何危險啊！」

「還有，為什麼這次的目的地不是仙境，而是埃及呢？」程小黑疑惑地皺起眉心，似乎也無法參透其中的玄機。

戴樂天卻懶得動腦筋，只一個勁地拭着額上的汗水，嘻嘻一笑地插嘴道：「唏，各位仙友，我們一直坐在半空中聊天，你們不覺得跟猛烈的陽光太親近了嗎？能不能先換個地方再聊？」

經他這麼一説，孔嵐才注意到大家都早已熱得滿頭大汗，連忙點頭和應道：「小天説得對，既然沒什麼頭緒，我們不如先順着人潮往民居那邊走一走，免得辦法還未想到，先病倒了呢！」

於是他們在一個較隱蔽的地方落回地面

後，便悄悄地走進人羣中，沿着一條專門為遊客鋪設的小石路，直往民居的方向走去。

可能是位處開羅近郊的緣故，這附近的房屋大多都是只有數層高的平房，比起規模宏偉的金字塔羣，明顯遜色不少。

不過由於這兒遊客眾多，兩旁的街道仍然相當繁華熱鬧。

他們隨着人羣一直往前走，不知不覺來到附近一個市集。

市集內設有許多售賣特產或精品的小攤檔，產品琳瑯滿目，當中包括各種雕像、鑰匙圈、金屬器皿、彩繪地毯等等，大多都具有濃厚的古埃及文化色彩。

龍爽被一個售賣各種飾品的攤檔吸引住，她蹲下身來，拿起一個藍金相間、頭冠上刻有蛇鷹裝飾的雕像問道：「喲，這個顏色鮮豔的

雕像是誰？樣子很特別呢！」

　　程小黑見她居然有此一問，不禁搖搖頭道：「你連他也不認識嗎？他就是古埃及王朝當中，最負盛名的法老之一———圖坦卡門！」

　　「噢，怪不得這兒的精品，大多都是以他為題啊！」龍爽一臉恍然，回頭跟孔嵐笑道：「嵐嵐，孔靈妹妹不是向來都喜歡這種七彩繽紛的小飾品嗎？不如你挑一件帶回去送給她吧！」

　　「好主意啊！」孔嵐笑着點點頭，立刻蹲在貨架前，隨手取起一個鑰匙圈，興趣盎然地細看起來：「這些以古埃及壁畫為題材的鑰匙圈和工藝品，手工也相當精緻啊！」

　　正當他們看得入迷時，一陣尖銳的孩子哭喊聲，從街道的另一頭傳過來。

第二章
妖怪再現

　　聽到孩子的哭喊聲，大家心頭都為之一震，連忙循聲往外望去。

　　只見遠處有一名高大的男子，單手托着一個正在大聲哭鬧的小男孩，急速越過市集。他的身手是異乎尋常的快，不過一眨眼間，便拐進了另一個路口。

　　見到那哭聲原來是來自一位正在鬧情緒的孩子，龍爽舒了一口氣，搖搖頭笑道：「嵐嵐你看，那孩子雖然跟孔靈妹妹年紀相若，卻頑皮得多。這樣一看，我們孔靈妹妹雖然年紀不大，卻人見人愛，真是懂事啊！」

「這是當然，她跟我可是流着相同的血呢！」孔嵐有些得意地一笑。

不過，當她回頭再多看一眼時，卻發現那男子懷中的孩子，不但哭得面紅耳赤，還手腳並用地掙扎着，心中頓時大感不妥。

在她的印象中，只有遇上不喜歡的人時，妹妹孔靈才會如此拚了命哭鬧。

孔嵐的心往下一沉，不由地喊了一聲「不對！」，便放下手中的紀念品，三步併作兩步地追了過去。

龍爽、程小黑和戴樂天見狀，自然也緊隨其後。

然而由於路上行人如鯽，難免阻礙了前進的步伐，除了身手較敏捷的戴樂天，還能跟那人保持一定的距離外，孔嵐、龍爽和程小黑很快便被拋得遠遠的。

戴樂天見只剩下自己一個，自然更不敢怠慢，只好使足勁兒地跟在後頭。

那人似乎也開始有所警覺，回頭往戴樂天的方向瞥了一眼後，便繼續向前疾走，直至來到一個十字路口，只見他一個急旋身已消失不見。

當戴樂天趕到十字路口時，哪兒還能找得到人影？

他撥了撥頭上那撮豎起的頭髮，着急地四處張望着：「他到底往哪裏跑了？怎麼一眨眼間就不見了呢？」

過了好一會，當大家從後趕到，見戴樂天站定不動，也都跟着停了下來。

龍爽調整了一下鴨舌帽，白了戴樂天一眼道：「你向來不是跑得挺快的嗎？怎麼居然也把人跟丟了？」

戴樂天有些委屈地為自己辯解：「那人的身手快得離奇，說不定又是妖怪在作祟呢！」

龍爽輕哼一聲：「你別耍賴了，哪兒來這麼多妖怪啊！」

孔嵐倒是體諒地搖了搖頭：「別怪小天，這兒人太多，我們又人生地不熟的，難度的確比平日大很多。」

程小黑沒有說話，只托了托黑框眼鏡，仔細地打量着路口四周。

良久，他在路邊一幢白色樓房的外牆上，找到一個黑色筆畫的圓形塗鴉。塗鴉十分簡單，就只是一個圓形，圓形中間有一個小黑點，右方則有一條小橫線。

程小黑用指頭輕輕往塗鴉上一拭，指頭立時沾污了一角。

他緩緩地分析着：「這麼簡單的符號，線

條也畫得歪七扭八，似乎是在極短的時間內匆匆畫下的。而繪畫的工具，應該是水性筆，墨水仍未乾透，顯然是剛畫下不久。」

「咦？」孔嵐忽然靈機一動，「這個符號的位置，跟那孩子被人扛在背上時的高度差不多，會不會正是那孩子留下來的記號？」

她一邊揣測着，一邊舉起照相機對着符號拍照。

「很有可能！」程小黑連連點頭，但仍然有些疑惑地說：「不過，符號並未有指示方向，不知該往哪兒走。」

孔嵐撓了撓捲曲的長馬尾，疑惑地推測着說：「這條小橫線，會不會就是在指示方向呢？」

「別管是與不是，先追上去看看吧，再晚些就來不及了！」戴樂天待不住了，也不理其餘三人的反應，便轉身跟着橫線的方向跑。

他沿着行人道一直往前跑，當來到另一個拐彎處時，竟然真的又發現了一個相同的圓形符號。

戴樂天信心頓時大增，他不再遲疑，立即加快速度向着符號指示的方向繼續跑，一連拐了好幾個彎，總算再次遠遠地看到那個扛着孩子的身影。

「喂，你別跑！」戴樂天立刻大聲叫嚷，誰知那人不但對他的呼喊聲置若罔聞，還加快了腳步，在人羣中穿來插去，轉瞬間便轉入了另一條橫巷。

當戴樂天追入橫巷時，見到那個小男孩正獨自站在橫巷內，而那男子則早已跑遠得幾乎看不見，他趕忙發力，企圖追上前去。

就在這時，那男子猛然腳步一頓，回頭朝戴樂天輕輕一指。

「啪」的一聲，戴樂天感覺前方好像有什麼東西堵住了路，撞得他抱着腳趾頭，連聲呼痛。

可是，他身處的地方只是一條普通的人行道，別說有什麼障礙物，就連路人也不多見。

他疑惑地伸手往前方一摸，觸手處感覺是硬邦邦的，應該是有什麼擋在他跟前，但又完

全看不見，就彷彿是一堵隱形的牆。

「原來他真的是妖怪！」戴樂天暗暗吃驚。

戴樂天仍然不服氣地又拍又踢，但始終無法衝破這堵無形的牆，只好無奈地看着這隻妖怪，在自己眼前逃脫。

這時孔嵐、龍爽和程小黑正好相繼趕至，見戴樂天和男孩都站在路邊，訝異地齊聲問道：「怎麼了，那個人呢？」

「他不是人，是妖怪！」戴樂天氣呼呼地說，當下把剛才的怪事都告訴大家。

「怪不得！」孔嵐恍然地點點頭，「我總算弄明白我們為什麼會來到埃及了，原來就是因為有妖怪在作祟！」

龍爽頓時懊悔地一跺腳：「早知如此，我就該吩咐碧兒去追蹤他，看他能逃往哪兒！」

程小黑往四周張望了一回，冷冷地接口道：「他必定是見行藏敗露，嫌孩子累贅，所以把他扔在路邊就跑了！」

　　戴樂天雖然很不甘心，卻又無可奈何，只好轉而望向路邊的小男孩，嘗試用英語跟他溝通：「小朋友，你沒事吧？」

　　小男孩看來只有五、六歲，臉上仍然掛着一顆晶瑩的淚珠，忽見有陌生人跟自己說話，立時警惕地退後一步，一雙輪廓分明的黑眼睛，撲閃撲閃地盯着他們，似乎是在評估着眼前這些哥哥姐姐，到底是壞人還是好人。

　　孔嵐見小男孩沒回應，便蹲下身子，一邊笑意盈盈地打着手勢，一邊試探地問道：「小朋友，你的家人呢？」

　　也許是孔嵐那張笑臉特別親切，令小男孩放下了戒心，情緒也就漸漸穩定下來，開口以

英語回答道：「我叫薩米，剛才在市集內，跟媽媽走散了。」

孔嵐見他說得一口流利的英語，不禁大為訝異：「薩米，你會說英文？」

「當然！」薩米傲然地揚了揚眉。

龍爽見他樣子可愛，忍不住豎起大拇指，笑着誇讚道：「薩米，你好厲害啊！」

聽到別人稱讚自己，薩米嘴角一彎，高興地笑了。

戴樂天見孩子心情已經平復，於是問道：「你知道怎麼回家嗎？」

薩米神氣地昂起頭，一副理所當然地說：「我早就能自己上學啦！」

孔嵐接着笑道：「既然如此，那麼就由你來帶我們一起回家吧！」

「好呀！」薩米爽快地答應，熱情地挽着

孔嵐的手，大踏步地走在前頭。

　　薩米果然是識途老馬，一馬當先地領着大家在千迴百轉的橫巷中走來走去，也不知到底轉了多少個路口才終於停下來，抬頭指着一幢淺藍色的大廈道：「上面第三扇窗子，就是我的家了！」

　　正當他們欲向大廈走去時，一個身影不知從哪兒冒了出來，將薩米一手拉住！

第三章
離奇失蹤

　　見到有人猛然撲向薩米，大家都嚇了一大跳，反應最快的戴樂天，第一時間跑向薩米，想要把來人攔住，誰知薩米已一個箭步衝了上前，主動撲進那人的懷裏。

　　「原來是薩米認識的人啊！」大家舒了一口氣。

　　細看之下，他們才注意到來人是一位身穿伊斯蘭服飾，披着碎花頭巾的婦女。

　　那婦人看着懷中的薩米，說起了連串的阿拉伯語。

　　雖然大家都聽不懂她的話，但就憑她那張

漲紅了的臉孔，與一副又哭又笑的激動表情，相信都不難猜想得到，她八成就是薩米的媽媽。

薩米也同樣十分興奮，跟母親說話時不停手舞足蹈，還不時回頭指向孔嵐等人，似乎是在向媽媽交代事情的始末。

那婦人聽完薩米的一番話後極其震驚，立刻上前向孔嵐等四人深深地一躬身，明顯是向他們表達謝意，還熱情地不停招手，示意他們跟她一道回家。

四人互相對視了一眼。

「我沒意見！」程小黑淡淡一笑，擺出一副無可無不可的表情。

「當然去！」戴樂天倒是十分雀躍，「難得有此機會，自然要去見識一下埃及人的生活到底是怎麼樣的！」

龍爽一歪嘴角笑道：「一副沒見過世面的樣子，真丟人！」

戴樂天朝她做了一個鬼臉，毫不在意地輕笑一聲道：「誰也無法走遍全世界，不懂就不懂，有什麼好丟人的！」

他們說着笑着，不知不覺已沿着樓梯來到三樓。

眼前出現了一條長長的走道，走道兩旁，總共住了十多户人家。

孔嵐環視着四周，發現每户的大門上，都刻有一個相似的圖案，不禁好奇地問道：「這兒每扇門上，都刻着一個圖案，是有什麼特殊含意嗎？」

「這些應該是古埃及的數字。」程小黑停下步來，不假思索地解釋道：「古埃及的個位數字很簡單：一條線就代表一；兩條線就代表

二，如此類推。當數至十時，就以一個牛軛來表示，形狀就跟英文字母 n 字差不多。」

他隨手指着一戶人家的大門道：「這道門上刻着一個牛軛和四條線，即代表他們的門牌號碼是十四的意思。」

「嗯，聽起來也不難理解啊！」孔嵐點了點頭道。

「哇，小黑，原來你連古埃及數字也看得懂啊？」戴樂天驚奇地喊。

程小黑還來不及説什麼，龍爽已搶先逮住機會取笑小天：「小黑當然厲害，難道像你嗎？什麼也不懂！」

戴樂天也不生氣，只嘻嘻一笑地反問：「我不懂，難道你就懂？」

這時，他們來到薩米的家，薩米媽媽把門一開，薩米便一陣風似地撲進一位滿臉鬍鬚的

男子懷中，又再滔滔不絕地說着阿拉伯語。

孔嵐等人有些尷尬地站在門外，正遲疑着是否該就此離開，那位男子適時地出來相迎，以一腔標準的英語笑道：「你們好，我是薩米的爸爸哈桑，歡迎你們來到我家！」

戴樂天一跨進去，便好奇地環視了四周一眼。

只見薩米的家，其實跟自己家也差不了多少，無論是餐桌、電視機、沙發、裝飾櫃等也是大同小異，唯一不同的，就是這兒的地毯、窗簾和桌布等布藝飾品，大多都印有繽紛的圖案，透着濃濃的古埃及色彩。

待大家都安然入座後，哈桑一臉誠懇地向他們說道：「孩子們，我要正式地向你們說一聲謝謝。若非你們及時出手相助，薩米可能就會遇上危險了！」

四人趕緊拱手回禮：「這沒什麼，我們只是適逢其會而已！」

大家客套一番後，哈桑熱情地領着他們四處參觀。

當來到客廳一角時，戴樂天忽然驚喜地指着一個玻璃櫃，喊道：「喲，這兒簡直就是一座小型展覽館嘛！」

戴樂天並沒有誇大，這是一座足有兩米高四米闊的裝飾櫃，裏面陳列的飾品林林總總，包括有金字塔、獅身人面像、木乃伊、不同的法老王雕像等等，幾乎所有跟古埃及文化相關的紀念品，這兒都一應俱全。

哈桑捋了捋臉上的鬍鬚，自豪地呵呵一笑道：「我的工作就是帶遊客參觀名勝的導遊，遇見製作精美的紀念品，我每每都忍不住入手，久而久之，收藏品也就豐富起來了！」

「原來叔叔是導遊，怪不得你説的英語如此流利！」龍爽走到裝飾櫃前，仔細地逐一欣賞起來。

忽然間，她見到一幅印着許多古怪圖案的彩色畫布，不禁好奇地問道：「哈桑叔叔，請問這種像是圖畫般的符號，是不是就是埃及文？」

「這是古埃及的象形文字，又稱為聖書體。」哈桑從玻璃櫃取出畫布，把它攤了開來，指着上面那些奇形怪狀的圖案，耐心地試着解釋道：「這些圖案除了具備畫中的原始意思外，還可以作為表音符號，十分有趣！」

孔嵐好奇地上前觀看，看着看着，忽然一臉驚訝地指着其中一個圖案道：「你們看，這個圖案，跟剛才在路邊找到的符號很相似啊！」

程小黑、龍爽和戴樂天聞言，也連忙上前看個究竟。

孔嵐連忙向哈桑請教道：「哈桑叔叔，請問你知道這個符號是什麼意思嗎？」

哈桑還未及回答，旁邊的薩米已經搶先回道：「這是太陽！」

「原來薩米也懂得古埃及文？」龍爽詫異地問。

哈桑笑着擺了擺手：「我平日會不時拿這些符號來跟他玩遊戲，他在不知不覺中便認得了一些！」

孔嵐心頭一動，連忙問薩米道：「街頭上的記號，真的是你留下來的嗎？」

薩米點了點頭道：「這是我和爸爸的約定！」

「約定？」孔嵐正感疑惑，哈桑已笑着解

釋道：「薩米小時候曾生過一場大病，損害了聽力，會偶爾聽不清別人的話。我們以防他會走失，便跟他約定，要在陽光照射過來的方向等爸媽。」

「怪不得薩米能在危急關頭在牆上留下記號！」大家這才恍然大悟。

就在這時，門外忽然傳來轟然的叩門聲。

門一開，只見一羣穿着伊斯蘭服飾的婦女湧了進來，當中還伴隨着陣陣嗚咽的哭喊聲，哭喊聲的聲浪不大，卻震撼了屋子裏所有人的心。

原來這些哭喊聲是來自當中的幾位婦人，她們都神色慌亂地告訴哈桑：「我們的孩子，都離奇地失蹤了！」

第四章
金字塔的傳説

原來失蹤的孩子年齡介乎五至七歲，都是在沒有任何徵兆的情況下，在放學回家的途中失蹤的。

父母對於孩子們的失蹤，完全茫無頭緒。

當中只有一位媽媽在孩子的牀上找到一張奇怪的傳單，懷疑可能跟孩子失蹤的事情有關，碰巧又聽聞薩米失而復得的消息，於是便帶着眾人急急趕了過來，希望能透過哈桑及孔嵐等人，找到一些相關的線索。

婦人們你一言我一語地跟哈桑訴説着，孔嵐等人聽不明白他們的話，正感到困惑的時

候，哈桑適時地回頭向他們說了個大概。

哈桑有些不好意思地說道：「近月來，我們村子接連有孩子失蹤，一直都未能破案，也不知道到底是遇到壞人還是其他什麼原因，弄得人心惶惶。這次在追捕拐帶薩米的嫌疑犯時，你們曾經跟歹徒打過照面，所以我們想請你們幫個忙，看看能否找出什麼線索尋找孩子，可以嗎？」

「只要能力所及，我們當然是義不容辭啦！」戴樂天大方地立即上前，一手把傳單取了過去。

只見薄薄的傳單上，印着一幅標有十來個小黑點的分布圖，在分布圖的最上方，還有一行小字和一個貓頭鷹圖案。

戴樂天皺起眉心，不解地問道：「這些文字和圖案是什麼意思？」

哈桑指着傳單上的字道：「這些是阿拉伯文，意思大概是說一家名字叫『寶藏之王』的旅行社能帶領旅客尋寶。旁邊的貓頭鷹圖案，應該是旅行社的標誌吧！」

孔嵐、龍爽和程小黑也走上前，四顆小腦袋湊在一起，認真地研究起來。

孔嵐眼睛伶俐地一轉，猜度着道：「小朋友該不會是去參加旅行團了吧？」

「孩子還這麼小，怎麼可能自行報名參加旅行團呢？況且，傳單上根本沒有註明旅行社的地址啊！」哈桑斷然地搖了搖頭。

哈桑低頭沉思了好一會，才又接着說道：「圖中的這些小黑點，會不會是在標示旅行社的地址呢？但看這圖形的分布，又不像是本土該有的地形，我一時也想不出會是哪兒。」

「如此看來，傳單跟孩子的失蹤不見得有關連吧！」龍爽皺着眉道。

「但孩子為何會接連失蹤呢？」孔嵐歪着腦袋瓜，一臉不解地喃喃自語：「難道真的碰上了什麼壞人？」

程小黑尋思着問道：「孩子們是什麼時候不見的？」

哈桑連忙擔當起翻譯的角色，回頭詢問婦女們詳情。

趁着哈桑轉過身時，孔嵐悄聲地跟三位同伴道：「依你們看，這些失蹤的孩子，會不會跟剛才的妖怪有關？」

「必定就是他！剛才若非一時不慎中了他的妖法，我已當場把他抓住了！」戴樂天拳頭緊握，恨得咬牙切齒。

「的確很有可能是那妖怪在作祟，但我們對他一無所知，根本無法追查啊！」孔嵐一邊撓着長馬尾，一邊把那張傳單翻來覆去地研究，希望能從中找出什麼蛛絲馬跡。

看着看着，一把熟悉的聲音，溫柔地在她耳畔說：「孔嵐，你知道你為什麼這麼久還未能施展法術嗎？想知道的話，就隨我來吧！」

孔嵐恍惚間，隱約看見玄女紫色的身影，從她眼前一飄而過：「是玄女姐姐嗎？你怎麼忽然來了？」

當她還在遲疑着是否要跟上去時，一股無形的力量已把她往屋外推。

她只感到眼前一片朦朧，便身不由己地跟着玄女的身影走了出去。

旁邊的龍爽見孔嵐突然轉身離開，不禁詫異地問道：「嵐嵐，你要去哪兒？」

孔嵐並未回應，只匆匆繞過那羣擠在門前的婦女，逕自步下三層樓梯離去。

一直跟孔嵐共同進退的龍爽、程小黑和戴樂天，被孔嵐這突然的舉動弄得莫名其妙，只好匆匆向哈桑打了個招呼，便隨着她的步伐跑了出去。

當他們來到街頭時，只見孔嵐正逕自向着金字塔的方向走去。

戴樂天和程小黑快步上前把她攔住，正要詢問她是否有什麼新發現時，卻見她神情木

然，兩眼空洞無神，不禁大吃一驚：「嵐嵐，你怎麼了？」

然而，孔嵐沒有任何回應，仍然一個勁地向前走。

程小黑感覺有些不對勁，趕忙伸手搭着她的肩膊，輕輕搖撼着道：「孔嵐，你醒醒！」

就在程小黑把手掌放在孔嵐肩膀上的一剎那，一絲墨綠色的光，暗暗地從他的小墨指環上流了出來，並沿着程小黑搭着孔嵐肩膀的掌心，慢慢注入了孔嵐的身體，經血脈貫通全身。

程小黑正為小墨的異常而困惑，卻見孔嵐身子微微一抖，便驟然從迷濛中轉醒過來，一雙大眼睛迷茫地左右張望着道：「我怎麼會在這兒？玄女姐姐呢？」

戴樂天一怔：「玄女姐姐？我們一直在跟

哈桑討論孩子失蹤的事情，她又怎麼會突然出現？」

原來是小墨化解了孔嵐身上的妖法嗎？程小黑有些明白過來。

他把孔嵐從頭到腳打量了一回，關切地問道：「嵐嵐，你沒事吧？你是看到什麼了嗎？」

孔嵐這才省起自己的異樣，正要把一切告訴他們，抬頭卻見龍爽正捧着傳單在研究，立時着急地出言警告：「爽爽小心，傳單上有妖法！我剛才就是專心地望着傳單，不知不覺間便着了妖怪的道兒！」

握着傳單的龍爽登時大吃一驚，不由地手一鬆，傳單便隨即掉到地上來。

孔嵐望着傳單緩緩地飄落，看着看着，忽然驚咦一聲，指着那些不規則的小黑點道：

「嗨，你們看，如果把這些小黑點全部連起來，是不是有點像是獵户座的星宿位置排列啊？」

程小黑被她一言驚醒，立時一拍額頭道：「對了！我曾經讀過一篇關於埃及金字塔的報導，當中曾經有人提出，吉薩金字塔羣的位置分布，跟獵户座的星宿分布十分相似，更有人大膽猜測，當初古埃及人建造金字塔時，就是參照獵户座的位置而興建的！」

孔嵐頓時目光一亮：「如此説來，這張圖所標示的位置，正是我們剛才經過的吉薩金字塔羣啊！」

「應該是這樣沒錯！」程小黑點了點頭，補充道：「不過，這些都只是傳説和猜測，仍未得到證實，不知道是真還是假！」

龍爽托了托鴨舌帽子，有些摸不着頭腦

地問道：「假設傳言是真的，那麼又跟孩子們的失蹤有什麼關係？這些妖怪到底有什麼陰謀呢？」

戴樂天一聽可就起勁了，摩拳擦掌地搶着說：「管他是真是假，想知道這些妖怪到底葫蘆裏賣什麼藥，一起去看看不就知道了嘛！」

第五章
將計就計

此時正值正午時分，天氣比他們剛來時更悶熱了，徒步走在烈日下的街頭，不消片刻便已經大汗淋漓。

龍爽一邊用手搧着風，一邊低聲地嘟噥着說：「天啊，我們還得在這條九曲十三彎的街道上繞多少個圈子？像這樣走下去，相信我們還沒走到目的地，便已被火辣辣的太陽烤成燒乳鴿了！」

戴樂天開玩笑地接口：「放心，我們是神仙下凡，充其量就是離開凡人的肉身，再次回到天界當一名不入流的小仙，斷不會變成燒乳

鴿的，哈哈！」

聽到他這麼一說，龍爽輕敲腦袋，自嘲地呵呵一笑道：「瞧我這腦筋，怎麼就忘記自己是個擁有法器的小仙呢？」

她邊說邊伸手往脖子上一拉，正欲把掛在脖子上的碧兒取下來，一顆小頭顱卻猛然從她身後探了出來，一雙精靈的黑眼珠，一瞬不瞬地盯着大家。

龍爽嚇了一大跳，忙趕緊把碧兒收起來，再低頭一看，只見這顆頭顱的主人竟然就是薩米！

她不禁愕然地問：「薩米，你怎麼跟過來了？」

薩米嘻嘻一笑，毫不含糊地說：「我要跟你們一起去！」

孔嵐連忙柔聲地解釋道：「薩米，你別跟

着我們了，我們是去抓壞人，並不是去遊山玩水啊！」

薩米一挺胸膛道：「我也要去抓壞人，助你們一臂之力！」

戴樂天不禁有些失笑，小聲地搖頭嘀咕：「他不搗亂就不錯啦！」

站在旁邊的龍爽聽了，想笑又不敢笑，只好暗暗地白他一眼，俯身向薩米好言相勸：「你年紀還小，萬一再碰上壞人，後果不堪設想啊！」

薩米不服氣地叉着腰，氣鼓鼓地反駁道：「其實你們也不比我大多少，你們都不怕，我怕什麼？」

「唉，總不能告訴他，我們是法力無邊的神仙吧？」龍爽無奈地暗歎一聲，回頭向大家打着求救的眼色。

「回去吧，別跟着我們了。」程小黑深知多說無益，故意冷淡地擺了擺手，便轉身繼續前行。

薩米見他們一副沒商量的樣子，也不再說話，只一直默默地跟在後頭。

孔嵐見拗不過他，只好妥協地回頭，跟他約法三章：「好吧，既然你堅持要跟着我們，那麼你便得乖乖聽話，一切都要聽從我們的指揮，你能做得到嗎？」

薩米見孔嵐終於答允讓他同行，立時笑逐顏開，忙不迭的點頭答應：「行，你說什麼都行！」

有薩米在，龍爽不能施法驅動碧兒，大家也就只能繼續徒步而行。

不過也幸虧有薩米同行，一聽他們要去吉薩金字塔，即時熟門熟路地領着他們在迂迴的

街道中穿插，很快便來到金字塔羣的正前方。

然而，金字塔羣和獅身人面像都是熱門的旅遊勝地，四周都被保護欄團團圍住，所有遊客都只能從正門進出。

當他們一口氣來到正門入口，還未跨步進去，便被一名保安員攔住了。

那名保安員大概不會說英語，只回身指了指設在正門旁邊的一個收費站，又指了指入口，估計是在示意他們要先行購票才能入場。

他們往收費站一看，只見站前貼着一張價目表，上面寫着門票每張售價為三百多埃及鎊。

孔嵐摸了摸身上斜挎的小包，笑着吐了吐舌頭道：「我忘了我們是被漩渦帶過來的，什麼準備也沒有，身上根本沒有多少錢啊！」

戴樂天打開自己的錢包一看，裏面只躺着

一張五十元鈔票。

他有些不好意思地撫了撫那撮豎起的頭髮，嘻嘻一笑道：「港幣五十元，能兌換多少埃及幣啊？」

程小黑不假思索地答道：「大概就是兩百多吧！」

「這也太少了吧？只有這麼一丁點錢，根本連一張入場券也買不起啊！」戴樂天苦笑着說。

龍爽沮喪地歎息一聲：「我們既沒有錢，又不能坐碧兒悄悄飛進去，怎麼辦？」

就在這時，一位滿臉鬍鬚的埃及男子走了過來，把一張傳單遞到他們面前，笑容親切地搭訕道：「嗨，小朋友，你們要不要去尋寶？我是旅行社的導遊，可以帶你們去啊！」

就在這時，一股獨特的氣味，刺激着孔嵐

的嗅覺。

「有妖氣！」孔嵐聳了聳鼻頭，悄聲地向
大家示警。

程小黑快速瞄了那男導遊一眼，只見他蓄
着滿臉鬍鬚，一身深棕色的皮膚，看上去跟一
般埃及男子無異，但細看之下，卻發現他的一
雙眼睛，隱隱透着一絲詭異的綠色光芒。

果然是妖怪！

程小黑心頭一驚，立刻警惕
地退後了一步，卻沒料到旁邊
的薩米已一手把傳單接過，並
低頭細閱起來。

「別看！」孔嵐大驚失色，想要上前制止，可惜已經晚了一步。

薩米看到傳單後，神情一呆，只一言不發地轉過身子，便逕直向着金字塔的方向走。

「薩米，你要去哪兒？」孔嵐暗叫不妙，正想追上前去，那位男導遊卻攔在她身前，笑意盈盈地說：「他是要去尋寶呢，不如你們也跟着一起去吧！」

孔嵐見妖怪並未洞悉他們是小仙的身分，心頭一動，決定將計就計，希望能從他身上探出線索，於是眨了眨眼睛，故作好奇地追問：「尋寶？這兒有什麼寶貝嗎？」

那男導遊見她感興趣，當即指着金字塔的方向，熱心地介紹道：「你們一定是從外地來的吧？最近有埃及專家發現，在孟卡拉金字塔附近的地底，有一個規模十分龐大的地下

室，當中藏有大量古埃及法老遺留下來的寶藏呢！」

龍爽不知道孔嵐的計劃，見他越說越離譜，生怕孔嵐會受騙，連忙冷哼一聲道：「金字塔已有幾千年歷史，就算真的有什麼寶藏也早已被人挖掘一空，再不然，也應該歸埃及政府所有，哪兒輪得到我們去尋寶？」

戴樂天更是掄起拳頭直衝上前，氣呼呼地喊道：「你究竟對薩米做了什麼？快說！」

男導遊見事情已經敗露，立時臉色一變，快速地伸手在孔嵐等人面前一拂。

霎時間，他們眼前冒起一陣迷離的白霧，身旁的遊客、導遊、保安員，以至金字塔的入口圍欄等等，一下子全都消失不見，只餘下一片白茫茫。

第六章
吃人的雕像

程小黑一直注意着那個男導遊的一舉一動，故在他突然變臉的一剎那，程小黑便第一時間吩咐孔嵐等人道：「快，我們手拉着手！」

孔嵐、龍爽和戴樂天見他一臉焦急的樣子，雖然不明所以，但也立即配合地牽起手來。

與此同時，程小黑也伸手搭住了小天的肩膊，低頭唸着咒語。

一股墨綠色的暖流，立時從小墨指環緩緩流出，透過相連的掌心，悄無聲息地流進四人

63

的體內，不停地穿梭流動。

不消一刻，他們眼前的白霧盡去。

當他們能再次清楚視物時，卻發現他們不知何時，竟已來到其中一座金字塔前。

這座金字塔的體積較小，頂部和底部分別以石灰岩及花崗岩建造，金字塔後方還伴有三座小型的金字塔。

程小黑一看便明白過來，低聲地解說道：「這座金字塔旁邊還有三座小型金字塔，所以我們現在的位置，應該正是三座吉薩金字塔當中，最不顯眼的孟卡拉金字塔。」

這時，龍爽發現薩米原來就在前方不遠處，立時驚喜地想要出聲喚他，卻被孔嵐一手按住。

孔嵐朝那個埃及男導遊輕輕一揚眉，悄聲地對她說：「別輕舉妄動，我們要繼續保持

面無表情的樣子，不能讓他知道我們已經清醒了！」

大家明白地點了點頭，趕忙把所有表情都收起來，裝出一副木然的樣子，以免令男導遊起疑。

男導遊在一個遊客較疏落的位置停下來，抬頭環視了四周一眼，確定附近沒有人後，向着金字塔底部揚了揚手。

那些看似堅實的岩石，突然就像活動的岩漿一般，迅速往左右散開，變出了一個穹形的洞穴。

洞穴一開，男導遊首先閃身入內，中了妖法的薩米也緊接着跟了進去。

程小黑和孔嵐等四人自然也緊隨其後，但他們邊走邊警惕地戒備着，以防出現任何突發情況。

洞穴內是一片黑暗，沒有任何照明裝置，只隱隱有一絲不知從何而來，像燭光般微弱的光線，讓他們勉強能看到腳下有一條狹長的石梯，直通往地底深處。

他們看不到石梯的盡頭，只能一級又一級地往下走，也不知走了多久，那導遊忽然再次揚手。

一片暗綠色的光芒，瞬即照亮了整個空間。

詭異的暗綠色，為他們平添了幾分忐忑，不過也就是憑着這一點點光，他們才能看清自己原來正身處於一個偌大的地下室內。

龍爽環視了一眼地下室，只見四面的牆壁全都是以堅硬的花崗岩打造而成，每一堵牆壁上，都雕繪着色彩繽紛的浮雕。

但最令人感到意外的是，這些浮雕上所雕

刻的，並非古埃及的壁畫，而是各種奇怪的飛禽異獸。

這些異獸的體形既怪異又獨特，有外形是老虎模樣卻多出一雙大翅膀的；有長着一張人臉卻是四腿羊身的；有脖子上支着兩顆頭顱卻只有四條腿的，一個個都稀奇古怪，令人不寒而慄。

它們唯一的共通點，就是全部都張牙舞爪，面目猙獰。

望着這些惡形惡相的雕塑，再加上那股不明來源的綠光，令洞穴的氣氛變得極其詭異。

戴樂天越看心裏越是發毛，不由地打了個寒顫道：「這兒陰森森的，怪嚇人的嘛！」

龍爽雖然也感到有點不安，但她好歹是個信奉科學的小科學家，不願意在人前示弱，只好咬緊牙關，故意擺出一副滿不在乎的樣子笑

道：「小天你的膽子真小，這些都只是雕像而已，不會叫又不會動，有什麼好怕的？」

她伸手指着前方一頭神情兇惡的雙頭老虎，呵呵地一笑道：「你看這隻雙頭老虎，難道就真的能跳出來，把你一口吃掉嗎？」

戴樂天看着雙頭老虎，忽見它左邊的那顆腦袋好像動了動，他眨了眨眼睛，以為自己心理作祟，誰知那顆腦袋忽然瞪了他一眼。

戴樂天登時嚇得什麼話也說不出來，只能指着雕像，結結巴巴地說：「它……它……在動！」

龍爽一翻白眼笑說：「別裝了，想騙人也要多用點心喔，你真當我是傻瓜嗎？如果雕像真的會動，它們早就跑出來對付我們啦！」她一邊說，還一邊走上前，伸手欲往老虎頭上摸去。

忽然間，她感到頭頂傳來一陣涼意，好像有人將她頭上的鴨舌帽，一把取走了。

「小天，別鬧了，快把帽子還給我！」龍爽跟戴樂天開玩笑開慣了，以為他又在作弄自己，忙急急伸手向他索要。

誰知戴樂天一個勁地搖頭擺腦，一臉驚懼不已地瞪着她道：「不……不是我！」

不，再準確一點說，他是瞪着她的身後。

她心頭一震，驚疑地回頭一看，只見自己的鴨舌帽，竟不知何時戴在了那隻雙頭老虎的其中一個頭上，而且這頭老虎的兩顆頭顱，居然都扭轉過來，直勾勾地朝她怒目而視。

這次龍爽看得真切，即時嚇得「哇」的一聲急退數步。

這還不止，在接下來的一刻，更離奇的事情發生了！

那頭雙頭老虎，竟然活生生地從牆壁上跳了出來，向着龍爽的方向直撲過去。

龍爽這一驚非同小可，慌忙轉身欲拔腿逃跑。

可是不知為什麼，她的兩條腿好像已經脫離了她的身體似的，只管僵直地立在原地，完全不聽她的使喚。

她張口想喊救命，但無論如何使勁，也無法發出任何聲音。

這時，孔嵐和程小黑正在地下室的另一邊，並未有注意到龍爽和戴樂天正處於危急關頭。

龍爽明白自己一定是中了妖術，心中惶恐萬分，但又求救無從，只能抱着最後的希望，無聲地張口大喊：「嵐嵐，小天，快來救救我啊！」

第七章
三扇銅門

　　猛然看見牆上的雙頭老虎石雕居然生龍活虎地從牆上跳下來，向着龍爽撲過去，戴樂天不禁嚇得目瞪口呆。

　　戴樂天自知仍未掌握施法的要領，但眼見龍爽危在旦夕，實在不容他再細想，於是他毫不猶疑地將手帶斑斑摘了下來，一邊試着唸咒語，一邊使勁地將斑斑往老虎的方向甩過去。

　　其實戴樂天也只是抱着姑且一試的心態，然而，接下來的那一刻，奇跡竟然發生了！

　　看似平凡的手帶斑斑，在戴樂天把它脫手甩出的那一剎那，它便開始以驚人的速度膨脹

起來，而且還像長了一雙眼睛似的，全速地飛到雙頭老虎的頭頂上，然後驟然急速落下，恰恰把老虎的兩顆頭顱，都牢牢地套了個正着。

被斑斑套住了的雙頭老虎，便即時像個斷了線的扯線人偶一般，一動不動地呆在地上，一下子變回一座普通的石像。

這一切都只發生在短短的一瞬間，當孔嵐和程小黑驚覺有異，匆匆跑過來的時候，事情便已經結束了。

孔嵐關切地看着龍爽，連聲問道：「你們沒受傷吧？到底是怎麼回事？」

剛逃過一劫的龍爽被嚇得臉色蒼白，跌坐在地上拍着胸口，大口大口地喘着氣：「原來這些怪物石雕全都是妖怪變出來的！我不過輕輕碰了它一下而已，那隻雙頭老虎便活生生地從牆上飛撲過來，想要把我吃掉，嚇死我

了！」

隨着雙頭老虎變回一座石像，手帶斑斑也就恢復了原來的樣子，悄悄地落回戴樂天的手掌心。

這時龍爽的心情亦已漸漸平復，抬頭正要說什麼，卻恰好看到了這一幕，發現救她一命的原來是斑斑，不禁既驚訝又感激地大喊出聲：「唷，原來斑斑是一條能捉妖的手帶，斑斑你很厲害啊，謝謝你呢！」

戴樂天手上的斑斑，立時閃着白色的光芒。

得知戴樂天終於成功驅動法器，孔嵐和程小黑也十分欣喜，忙連聲道賀：「哟，恭喜小天擁有厲害的法器啊！」

戴樂天撥了撥豎起的頭髮，有些得意地嘻嘻一笑道：「其實也沒什麼啦，你們的法器也

不差，我們都各有所長！」

　　也許是因為戴樂天救了她一命的緣故，龍爽忽然覺得他比之前順眼多了，說話也十分中聽，連連點頭附和道：「說得好！只要大家通力合作，我們一定可以成為史上最強的捉妖敢死隊！」

　　就在這時，孔嵐臉色大變，掩着嘴巴小聲地說道：「不好了，那個妖怪導遊不是一直走在我們前方嗎？剛才的事情鬧得這麼大，我們的身分豈不是已經被他識破了？」

　　戴樂天重重地哼了一聲，雙手狠狠地緊握着拳頭，一臉激憤地道：「識破就識破，我也不屑再跟他玩捉迷藏了，我們索性跟那隻妖怪堂堂正正地大戰一場好了！」

　　他說罷，便立即回身想要找那個男導遊，誰知眼前除了他們四人外，偌大的地下室竟然

空蕩蕩的，連一個人影也沒有，那個男導遊和薩米已不知去向！

戴樂天大吃一驚：「他們人呢？」

龍爽連忙把鴨舌帽匆匆戴回頭上，氣急敗壞從地上跳了起來：「糟了，那妖怪到底把薩米帶到哪兒去了？」

戴樂天既急且怒，忍不住氣憤地一擊拳頭道：「他到底要把薩米怎麼樣？」

妖怪失蹤他們本來並不太在意，但連薩米也同時消失便令他們惶恐不已，擔心薩米會遭遇什麼不測。

「大家先別亂了陣腳！」孔嵐高舉雙手，深深地吸了一口氣，強自鎮定地說：「既然我們是見習小仙，降魔伏妖就是我們的天職，即使遇到多大的困難，也一定可以迎刃而解的！」

程小黑沉着地一點頭道：「沒錯，那些妖怪費盡心思把孩子們帶進地下室，那麼這些孩子對他們來說，必定起到某些作用。我相信他們應該仍然身處地下室內，只要仔細地找一找，我們一定能把他們救出來的！」

　　二人的話令龍爽和戴樂天心中稍安，點頭同聲道：「我們一定要把他們救出來！」

　　大家救人心切，也不再多言，立刻開始到處搜查。由地下室入口到室內的每一堵牆壁及地面，他們都逐一檢查察看，務求不會錯過任何一個角落。

　　就連牆壁上的雕像，他們都不放過，看看它們身上是否暗藏什麼機關，但為怕再次驚動它們，大家行動時都不免顯得戰戰兢兢。

　　良久，當他們來到牆壁的中央位置時，戴樂天忽然注意到了牆壁上有一個很不顯眼的小

銅環。

「咦，這是什麼？」他邊說邊好奇地伸手一拉。

「別動！」程小黑大吃一驚，立刻上前制止，可惜已經來不及。

只聽得轟隆一聲，三堵分別位於東、西、南方的石牆，倏地同時敞開，露出了三扇拱形的銅門。

龍爽既驚訝又興奮地喊道：「噢，這個地下室，果然是另有乾坤啊！」

這三扇銅門的前方，都分別置有一個奇形怪狀的動物石像，每座石像的造型，跟牆壁上的石雕同樣古怪兇悍，令人觸目驚心。

有了剛才跟雙頭老虎搏鬥的經驗，大家對於這些怪物雕像都不免有所忌憚，龍爽更是膽怯地說：「藏在這三扇銅門內的，必定也不會

是什麼好東西！」

「這三扇門，都分別由三隻不同的怪物石像守護着，這當中會不會是有什麼特殊含義呢？」孔嵐皺着眉心思考起來。

戴樂天緩緩地走到南方的那扇門前，望着那座蹲在門前的石像，忽然瞇起眼睛，有些疑惑地問道：「怪了，負責守衛的，怎麼會是一隻普通的狐狸啊？」

龍爽連忙跑過來一看，也不禁失笑地說：「我們一路走來，看見過那麼多三頭六臂的怪物雕塑，我還以為守在這個密室門外的石像，必定會是一頭實力強大的洪水猛獸，沒想到連狐狸也能佔上一席，難道妖怪的數量不足，混沌大王要找狐狸來湊數喔？呵呵！」

程小黑走上前來，把狐狸石像仔細地打量了一回，沉吟着說：「我記得曾經讀過一本

書，當中提及古時相傳有一種叫『天狐』的妖怪，外貌跟普通狐狸長得十分相似。我們眼前這一隻，不曉得會不會就是傳說中的天狐！」

　　得知這隻像狐狸的石像居然大有來頭，孔嵐立刻舉起相機把牠的樣子拍下來，並好奇地連聲追問道：「這隻天狐，有沒有什麼特別之處？」

程小黑低頭思索着説：「據説牠是一隻修煉成精的妖怪，最擅長幻化成漂亮的女子，到處蠱惑人心！」

孔嵐站在銅門前，仔細地察看着這座名叫天狐的雕像，希望能從中找出孩子們失蹤的線索，不知不覺跟雕像越靠越近。

忽然間，只聽得長長的「咯吱」一聲，一陣刺骨的寒意襲來，令孔嵐不禁打了個寒顫。

孔嵐趕緊回頭一看，只見後面那道一直緊閉着的銅門，不知為何竟然打開了。

在還未弄清是怎麼回事前，她感到自己好像被一股無形的力量用力地一拉，整個人便跌進銅門裏去。

「救命呀！」孔嵐失聲驚呼。

龍爽、程小黑和戴樂天聽得孔嵐的尖叫聲，都嚇了一跳，慌忙回頭查看，卻發現孔嵐

已經不知所蹤！

　　「嵐嵐！」三人都大為吃驚，一時都慌了手腳，不知該怎麼辦才好！

第八章
天狐幻境

　　孔嵐不曉得自己到底碰到什麼不該碰的東西，她只知道，當聽到「咯吱」一聲後，後面的那扇銅門便忽然敞開，而她也隨即眼前一黑，什麼也看不見，只感覺到有一股嚴寒的氣流，正以極快的速度襲來。

　　她本能地想要往後退，但一雙腿卻不聽使喚，非但沒有向後退，反而身不由己地繼續往裏走，就好像有一隻強而有力的手，在使勁地把她往銅門裏拉。

　　還未能施展法術的孔嵐，根本毫無還擊之力，只能眼巴巴地看着這股逼人的寒氣，一下

子貫穿自己的身體。

幸而這種感覺只維持了短短數秒鐘，寒意便驟然消失，彷彿她只是跨過了一堵隱形的冰牆似的。

當四肢恢復了活動能力後，她發現自己正處身於一片漆黑的空間，而且是伸手不見五指的那種。

她只能憑直覺感覺到自己似乎是來到了另一個地方，而這個地方的環境和氛圍，跟剛才的地下室是截然不同的。

「這到底是怎麼回事？」孔嵐有些慌，忍不住向着暗黑的虛空大聲地喊叫起來：「爽爽！小黑！你們在哪兒啊？」

但顯而易見，她不可能得到任何回應。

她只聽到自己的呼喊聲，在空氣中一聲聲地回盪。

不僅眼睛看不見，就連一雙耳朵，也聽不到任何聲息，令她完全無法分辨自己到底處身於一個怎麼樣的空間。

她唯一能確定的是，這兒只有她一個人。

龍爽、程小黑和戴樂天，仍然身在這扇銅門的另一端。

「別慌！」她深呼吸一口氣，努力叫自己鎮定下來。

就在這時，她隱約聽到一陣「嘩啦嘩啦」的聲音，聲音帶着一定的節奏，聽起來像雨聲又像流水聲，一下接着一下的，連綿不絕。

「奇怪，這兒是沙漠，哪兒來的水聲？」她連忙側着頭，細細傾聽起來，聲音卻是似有還無。

過了好一會，當一雙眼睛逐漸適應了漆黑的環境後，孔嵐終於能看清眼前的情況。

首先映入眼簾的，是一條蜿蜒的小溪流，溪流兩旁長滿長長的芒草。

　　「這兒是金字塔底部的地下室，怎麼會有溪流？難道這個地下室，已深入至地底的地下水道？」她詫異極了。

　　她小心翼翼地沿着溪流往前走，沒多久，便見到前方有一個陡峭的懸崖，崖邊掛着一道潺潺的瀑布，一縷不知從何而來的光線，恰恰照射在飛濺的瀑布上，把眼前星星點點的水花，映照得就像煙花似的光芒四射。

　　瀑布之下是一個澄澈的湖，湖邊長滿粉紅色的小野花，一個年僅四、五歲的小女孩，正蹲在湖邊採花，胖胖的小手握着一大束野花。

　　不一會，小女孩站起來，不停晃動着小手上的戰利品，興高采烈地朝身後一位束着鬈曲長馬尾髮型的女孩喊：「姊姊，你看花花！」

那位長馬尾女孩只比妹妹年長一點點，正倚在一棵大樹下癡迷地讀着手上的書，聽到小女孩的呼喚，也只敷衍地輕「嗯」了一聲，根本連頭也沒抬一下。

孔嵐看不清這對姊妹的容貌，但這個畫面卻彷彿似曾相識，正尋思着在哪兒見過時，那位捧着花束的小妹妹忽然「呀」地尖叫了一聲，人已「撲通」一聲跌進水裏去。

束着長馬尾的姊姊大吃一驚，登時扔掉書本，張皇失措地奔到湖邊，幾度想要下水救人，但每當她剛把腳丫伸進湖水中，又害怕得退了回去。

眼看妹妹即將被湖水淹沒，身為姊姊的她急得團團轉，在無計可施下，只好瞇起眼睛，義無反顧地一躍而下。

然而，那長馬尾女孩並不懂游泳，四肢只

管在水中亂游亂划，毫無章法，別說救人了，就連她自己也有性命之憂。

就在長馬尾女孩從水面伸出頭呼救時，她的容貌突然變得十分清晰。

「噢！」孔嵐驚呼一聲，原來這個長馬尾女孩，竟然就是孔嵐自己。

就在這一剎那，她忽然有所省悟地自言自語：「怪不得她們如此眼熟，原來就是我和妹妹孔靈！一定是那妖怪施展了什麼妖術，令我產生了幻覺！」

心念及此，她起勁地搖了搖頭，企圖把幻覺甩掉。

也許是因為她有一顆足夠堅定的心，那兩個在水中掙扎着的小女孩，瞬即便從她眼前消失。

但與此同時，那道原本溫和的瀑布，卻突

然奔騰起來，湖水的水位也突然變得高漲，一下子直湧上岸。

不過眨眼之間，湖水已把溪流兩岸的花草全部都淹沒淨盡。

眼見洶湧的湖水向着自己直沖過來，孔嵐下意識想要掉頭走，但腳下卻像被人按住了似的動彈不得。

不消片刻，湖水已從她的腳跟，一直淹至腰部。

「怎麼辦？」四周一下子變成一片汪洋，連她也即將要被洪水淹沒，不諳水性的孔嵐登時慌張起來。

「不行，我不能坐以待斃！」孔嵐明知自己還未掌握施法的要訣，但在這要緊關頭，哪怕只有萬分之一的機會，她也只能碰碰運氣了。

她急忙把髮髻上的金簪鳳兒拔下來，指着身前的洪水，起勁地唸起咒語來。

「你還是別白費力氣了，沒有法力的小仙，根本就跟凡人無異啊！」一把嬌滴滴的聲音乍然在耳畔響起。

「誰？誰在說話？」孔嵐大驚失色，慌忙往左右張望。

一個穿着古代服飾的女子身影，在瀑布的光影中乍現。

不過，由於這是一個借助水光折射的倒影，她的身影在水光中若隱若現，孔嵐一時無法看清女子的容貌，只下意識地猜想道：「難道是玄女姐姐？」

正當孔嵐欲張口喚她時，那影子卻漸漸變得清晰。

當她看清楚影子的臉容時，才發現原來此

人並非玄女姐姐。

　　這個女子束着一頭靈蛇髻，身穿一襲白得雪亮的繡花衣裙，頭上插着別緻的髮飾，裝扮看似淡雅，神色卻又透着幾分妖豔，濃濃的妖氣更是撲鼻而來。

　　「她是妖怪嗎？怎麼跟剛才那些惡形惡相的妖怪完全不同？」孔嵐第一次看見這麼漂亮的妖怪，頓時訝異得睜大了眼睛，一時説不出話來。

　　那女妖見她一臉震驚的樣子，將手上的一把繡花扇子半遮住臉孔，儀態萬千地嬌笑一聲道：「怎麼啦？剛才在銅門外，你不是已經把我從頭到腳都看仔細了嗎？」

　　孔嵐這才會意過來，登時驚喊出聲道：「噢，原來你就是天狐？」

第九章
死裏逃生

　　孔嵐怎麼也沒想到，那座天狐石像竟突然以人形現身在她跟前，心中自然是萬分震驚，但為了不丟見習小仙的面子，她只好勉力地壓抑住戰慄的心，寒起一張臉質問道：「你們這些妖魔，把孩子們誘拐到這兒來，到底想要幹什麼？」

　　天狐女妖嬌聲一笑，然後臉色漸漸變得陰森，聲音陰冷地說：「人類對於單純的孩子們，不是都沒有戒心嗎？我們只要參照孩子們的性格與行為，幻化成孩子們的模樣混進尋常百姓家中，製造各種紛爭與戰爭，人類很快便

會滅亡，嘿嘿！」

「可惡！」當得知天狐誘拐孩子的動機如此邪惡，孔嵐怒火中燒，深知再不出手將她消滅，必定會世界大亂。

一念及此，她再也顧不得自己到底有沒有法力，只抱着要跟她同歸於盡的決心，立即舉起鳳兒指向天狐，喃喃地唸起咒語來。

眨眼間，在孔嵐附近的洪水都急速地聚攏起來，翻起了一個超過四米高的巨浪，然後向着天狐的方向撲了過去。

看到自己的法術居然能成功施展，孔嵐欣喜過望，頓時轉憂為喜地喊：「鳳兒，你終於回應我了！」

只可惜這是她的第一次成功施法，手法尚未純熟，巨浪在距離瀑布一米多的位置便後勁不繼，只聽得「啪嗒」一聲，巨浪頹然地落回

湖水裏去。

「嘖嘖嘖，就你這樣的法力，便妄想拯救人類，也未免太不自量力了吧？你還是回去當個快活小神仙算了罷！」天狐不屑地嗤笑一聲後，那個倒映在瀑布上的光影，隨之慢慢褪去。

「唏，你別走，快告訴我孩子們都在哪兒！」孔嵐追上前去。

然而，她剛才見到的，不過是天狐用妖法幻化出來的影子，如今影子一去，眼前除了剩下洶湧的瀑布外，便什麼也沒有。

孔嵐往左右張望，企圖要找出天狐逃走的方向。

就在此時，她才注意到那源源不絕的洪水，原來早已淹過她的肩膀位置，而且水位仍然在急速上漲，不消片刻便能把一切淹沒。

她此刻身處的位置，跟銅門入口之間相距已遠，即使現在往回走，也已經來不及了。

　　當孔嵐即將要被洪水淹沒時，一股比剛才更濃烈的寒意忽然襲來，把這兒的一切，包括四周的洪水、銅門和石牆都凍結成冰。

　　身陷洪水之中的孔嵐，下半身也驟然被冰封了。

　　「怎麼回事？」孔嵐先是一驚，但隨即腦筋一轉，驚喜地大聲呼喊：「小黑，是你嗎？小黑，我在這兒啊！」

　　隨着她這麼一喊，那道已被冰封的銅門外，隱約傳來了一絲微弱的「乒乓」敲擊聲，似是在回應她的呼喚。

　　孔嵐頓時精神一振，忙緊握住鳳兒金簪，雙目緊閉地唸唸有詞。

　　只見鳳兒全身紅光一閃，一道火紅色的烈

焰，從金簪的尖端噴出，直向着變成了冰的石牆噴過去。

一接觸到這團猛烈的火焰，整堵冰牆以及四周被冰封了的洪水，都迅即燃燒起來，堅硬的冰塊一下子融化掉，變回了泱泱洪水。

這些洪水其實都只是天狐幻化出來的，一旦觸碰到孔嵐的熊熊烈焰，天狐的幻術即時被破，出現在孔嵐四周的洪水、溪流和瀑布，頓時都消失不見，只剩下那些被冰封了的石牆。

這時，天狐那把嬌滴滴的聲音，再次從四方八面傳來：「這次算你狠！不過你也別得意，我們還會再見面的！」

孔嵐聽到天狐這麼説，知她已經趁亂逃走了，心中雖然有點不忿，但同時也舒了一口氣。

她進來時的那扇銅門，接連受到冰封和烈

焰的衝擊，早已被損毀得殘破不堪，透過門隙望過去，她能看到門外有幾個身影在晃動，她定睛一看，頓時驚喜地揮手大喊：「爽爽、小黑、小天，我在這兒啊！」

他們循聲看了過來，見到正是失蹤的孔嵐，同樣興奮地揮手大喊：「嵐嵐！」

經過連番驚險後，被困在天狐的幻境中多時的孔嵐，終於跟好友們重新會合，心中激動萬分，登時不顧一切地迎上前去：「爽爽，小黑，小天，謝謝你們啊！」

龍爽一見到孔嵐，也立刻衝前拉着她的手，把她從頭到腳察看一回，又哭又笑地連聲問道：「嵐嵐，你沒事吧？你剛才到底去哪兒了啊？你把我嚇死了呢！」

孔嵐見爽爽如此擔心，連忙揮舞着手臂，笑着安慰道：「能有什麼事啊？你看，我現在

不是毫髮無損嗎？」

「對對對，你沒事就好！」龍爽這才破涕為笑。

戴樂天倒是興致勃勃地連聲追問道：「嵐嵐，你剛才在那扇銅門內，到底看到些什麼了？快說來聽聽啊！」

孔嵐當下便把遇到天狐女妖之事詳細告知三人，她一邊說一邊仍不免心有餘悸。

三人得知孔嵐幾乎是死裏逃生，都不禁暗自替她捏了一把冷汗，只有程小黑聳了聳肩，嘿嘿一笑道：「這樣不是很好嗎？你一直都無法施展法術，全靠天狐女妖把你的潛能激發出來，讓我們跟這羣妖怪的大戰，又增添了幾分勝算呢！」

「小黑說得對極了！」戴樂天聽得連連點頭，但隨即又有些不甘地一揮拳頭：「只可惜

讓這女妖跑掉了，不然我們便可以從她口中，探聽出孩子們的下落！」

一聽到他提到孩子，孔嵐想起了天狐女妖剛剛透露的陰謀，立時臉色大變道：「糟了，孩子們有危險呢！」

第十章
地下迷宮

「什麼？天狐女妖居然想化身成孩子的模樣，混入人類的家庭興風作浪？」當戴樂天得知天狐的陰謀後，登時怒不可遏，咬牙切齒地立誓道：「我不把這羣邪惡的妖魔全部消滅，誓不罷休！」

龍爽則聽得膽戰心驚，不禁皺起眉心，憂心忡忡地說道：「倘若真如那女妖這麼說，待得妖怪們都學會了孩子的行為模式後，他們接下來，會不會就打算冒充孩子，回去跟父母們相認呢？如果真是如此，那麼他們會怎麼處置這些孩子？」

聽得龍爽這麼一說，孔嵐立時驚出了一身冷汗，抖着聲音說道：「該……該不會滅口吧？」

「不行！」戴樂天更是心急如焚，狠狠地握着拳頭道：「我們必須快點想想法子，趕在他們行動前，把孩子們全部救出來啊！」

程小黑走到餘下的那兩道銅門前，盯着門前那兩隻妖怪石雕，喃喃自語道：「如今只剩下兩條出路，一條向東走，一條向北走，我們該往哪個方向走呢？」

這兩隻妖怪石雕，向東的那一隻，是人面獸身、長有一對牛角和一雙大翅膀的四不像；而向北的那一隻，則是人面豹身、只長着一隻大眼睛和一根長長的馬尾巴，兩者的形狀都是極其怪異，連程小黑也一時無法叫出它們的名堂來。

戴樂天跟這兩隻妖怪石像保持兩米的安全距離，小心謹慎地來回審視了好一會後，忽然挺直了身子，指着長有翅膀的那座石像，以無比嚴肅和堅定的語氣說：「我們就走這一邊吧！」

　　孔嵐見他好像胸有成竹的樣子，頓時滿懷希望地問道：「小天，你是看出什麼端倪了嗎？」

　　誰知他只聳了聳肩，一臉隨意地說：「沒有呀，我只是隨便挑的！」

　　龍爽頓時翻了一個老大的白眼，瞪着他生氣地說：「現在是什麼時候了，你怎麼還是一副漫不經心的樣子，是在故意搗亂嗎？」

　　戴樂天一歪嘴角，很不以為然地說：「就是因為我們對這些妖怪雕像一無所知，才不應在它們身上浪費時間，反正大家都是瞎猜的，

那就索性隨便挑一個即可！」

孔嵐搖了搖頭，一臉不認同地說：「我們試着探究一下，說不定就能找到什麼線索啊！」只有程小黑反其道而行，一臉認真地沉吟着說：「小天說得不錯，時間已經無多，但直至現時為止，我們甚至連眼前這些雕像的來歷也弄不清楚，更別說當中的含意了。所以我們與其繼續花時間去研究，倒不如像小天那樣隨便選一個，碰碰運氣好了！」

孔嵐和龍爽對望了一眼，也為之語塞。

程小黑瞟了大家一眼，見大家都沒有異議，於是果斷地點點頭道：「如果大家都不反對，那麼我們便按照小天的意思，往東面的那道門走吧！」

他們戰戰兢兢地來到東面的那扇銅門前，心中都不免有些忐忑，擔心眼前這扇做工精細

的銅門背後，會有什麼比天狐更可怕的妖魔鬼怪在等着他們。

「我來打頭陣吧！」孔嵐自持有經驗，又擁有了法力，膽子頓時比之前大了許多，自動請纓上前拉着門環，以一副我不入地獄誰入地獄的神情，率先邁步跨進門檻。

甫跨步進去，一陣熟悉的寒氣再次襲來。

有了先前的經驗，孔嵐不但不再害怕，還出言提醒三位同伴：「跨過銅門後，你們會遇上一道嚴寒的氣流，但你們不必害怕，只要閉上眼睛繼續前行，很快便可以穿越過去的。」

大家聽了孔嵐的話後，都依言閉目而行。

寒氣散去後，他們緩緩地睜開眼睛一看，但見眼前出現了多條不知通往何處的甬道。

這些甬道，每條都既狹窄又縱橫交錯，兩旁還有一間又一間石室，每間石室的石門上，

都雕刻着形狀詭異的黑色花紋，當中透着濃烈的妖怪氣息。

看到如此大規模的地下室，大家剎時都驚疑不定。

孔嵐心頭一緊，驚愕地說：「怎麼這兒大得就像個迷宮似的？」

緊隨其後的龍爽探頭一看，見到前方果然出現一個大迷宮，頓時大吃一驚地喊：「糟糕！先別說薩米和那些失蹤的孩子們未必身在這兒，就算他們真的就在這兒，眼前這麼多甬道和石室，我們該從何找起？」

「不如我們分頭找吧，這樣會較有效率啊！」戴樂天提議。

程小黑想也不想便立即反對：「萬萬不可，這兒危機四伏，單獨行動太冒險了！」

戴樂天狠狠地一跺腳，急躁地抱怨道：

「你要我一個石室挨着一個石室去找，要找到何年何月啊？薩米他們可等不及了呢！」

「事到如今，我們還有其他辦法嗎？」程小黑無奈地攤了攤手。

正當大家都無計可施的時候，原本插在孔嵐頭上的鳳兒金簪，忽然紅光一閃，自行甩脫開來，然後像一根帶勁的羽箭似的，向着當中的一條甬道直飛而去。

孔嵐好不詫異，連忙急切地喊着追上前去：「鳳兒，你怎麼啦？是不是發現了什麼線索啊？」

龍爽驚喜萬分，篤定地連聲說：「鳳兒一定是感應到什麼了，我們快跟上去！」

雖然不曉得鳳兒是不是真的發現了什麼線索，但既然好不容易有了新轉機，大家都興奮莫名，立刻匆匆跟着鳳兒指引的方向走去。

戴樂天見甬道狹窄，便一馬當先地搶在前頭，龍爽、孔嵐和程小黑緊跟在後。

他們一邊走一邊仍不忘檢視兩旁的牆壁，期望能找到一些孩子們的蛛絲馬跡。

在鳳兒的帶領下，他們在迂迴曲折的地下迷宮裏拐彎再拐彎，直至鳳兒停在一個入口比較寬敞的石室門前。

大家都幾乎可以確定，這間石室內一定有什麼古怪。

程小黑於是毫不猶疑地舉起小墨指環，指着這道石門重施故技，一下子把堅硬的石門變成了冰門。

孔嵐也趕緊配合地把鳳兒喚回手中，然後直指着這道變成了冰的石門施法，一束火紅的烈焰從鳳兒身上冒出，帶勁地向着冰門方向直射而去。

冰門一碰到火，瞬即化成一灘冷水。

石室沒有了門，站在門外的程小黑和孔嵐連忙探頭往內一看究竟，只見室內原來是一個偌大的房間。

房間內的牆身及天花板上，都雕繪着七彩繽紛的古埃及壁畫，十來個長髮少女束着由羽毛編織而成的頭巾，站在房間的中央位置，翩然地載歌載舞。

她們都穿着一身雪白的亞麻布長裙，手腕、脖子、腰間以至腳踝部位都分別配戴着各種五光十色的珠寶首飾，裝扮成古埃及少女的模樣。

跳起舞來的時候，她們身上的首飾，會隨着她們的舞姿晃動，擊起「噹啷噹啷」的響聲，似乎在為她們曼妙的舞姿伴奏。

一羣年齡跟薩米相仿的孩子們正站在她們

前方，也跟着她們一起手舞足蹈，每個人的臉上，都帶着燦爛的笑容。

豔麗的妝扮加上曼妙的舞姿，連戴樂天也禁不住讚歎一聲：「哇，好漂亮啊！」

「拜託，她們都是妖怪好嗎？」龍爽瞪他一眼，但話雖如此，卻連她自己也按捺不住把目光定在她們身上。

龍爽看着看着，忽然一臉驚喜地指着左邊的一角道：「你們看，站在前排最左邊的那個孩子，不就是薩米嗎？」

戴樂天一看，果然正是薩米。

然而，此刻的薩米，一雙精靈的眼睛沒有了焦點，雖然開心地咧嘴笑着，卻完全失去平日的伶俐，一定就是中了妖怪的什麼邪術。

「薩米，你怎麼了？」戴樂天焦急地大喊一聲。

那些正在跳舞的少女聽到喊聲，霎時都

停住了動作，不約而同地轉過頭來，狠狠地盯着站在門口的四人，眼神中透着一絲邪惡的氣息。

同時被十多雙兇狠的眼睛盯着，向來天不怕地不怕的戴樂天也不免有些毛骨悚然，但他仍然沒有因此而退縮，反而咬着牙衝了上前。

知道斑斑的能力後，這次戴樂天毫不遲疑，立刻敏捷地把手腕上的斑斑摘下來，然後使勁地向着那群古埃及少女甩了過去。

剛從戴樂天手中飛離的斑斑，就像一隻長有眼睛的鳥兒，確準無誤地飛到那群古埃及少女的上空，並同時迅速地膨脹起來，變成一個巨型的橡皮圈，在少女們的頭頂上徘徊。

就在那群古埃及少女仍未弄清是怎麼回事前，斑斑已驟然急促地往下墜，她們只尖叫了一聲，便仿如一束被絲帶捆住的花似的，被斑斑全部牢牢地捆綁住了。

第十一章
天狐對決

那羣古埃及少女冷不防斑斑會猛然出手突襲，一時反應不過來，竟一下子落入了斑斑的巨型圈子之中。

斑斑的圈子逐漸收緊再收緊，一股濃烈的黑氣從她們身上冒出來，然後「嗖」的一聲，全部被斑斑吸走了。

就這麼一瞬間，那羣千嬌百媚的少女統統都不見了，她們竟變成了十來隻淺棕色的小狐狸。

「喲！」龍爽驚呼一聲，有些不敢相信地說：「原來這些古埃及少女，全部都是狐狸幻

化出來的！」

這些小狐狸已全部失去法力，沒能力再作惡，只好一一從斑斑的圈子裏逃出來，連奔帶跳地各自四散逃竄。

「斑斑，你立了大功啦，真厲害！」見斑斑居然具有如此巨大的威力，戴樂天喜出望外。

得到主人的讚揚，斑斑身上立時閃出一道耀眼的白光，還故意炫耀似地在半空中翻了個大跟斗，然後才緩緩地落回主人手中。

程小黑見室內的狐妖已除，立刻吩咐戴樂天道：「小天，你和龍爽帶着孩子們先行離開，由我和孔嵐來殿後！」

「好！」戴樂天也不敢怠慢，接過斑斑後便立即聯同龍爽，一前一後地護送着那羣孩子跑出石室，沿着原路的出口走去。

忽然間，一個黑影不知從哪兒快速地閃身而出，伸手向着領在前頭的戴樂天和龍爽襲去。

「救命！」龍爽嚇得大喊。

戴樂天凝目一看，認出來人正是把他們誘騙進來的那個男導遊，頓時大吃一驚，想要施法跟他硬拼。

然而，那男導遊的身手實在敏捷非常，戴樂天想要出手也根本來不及了。

幸好走在後頭的程小黑察覺不對，立刻揚起手上的小墨對準導遊，小墨立時噴出冷水，把男導遊冰封了。

「小黑，謝了！」戴樂天向小黑調皮地一眨眼睛。

「耶！終於把所有妖怪都清除掉，我們可以安全的離開了！」龍爽高興地歡呼。

正當他們帶着孩子們，浩浩蕩蕩地往回走時，身後有一把嬌滴滴的聲音響了起來：「貴客要走，也不先跟主人打個招呼，似乎有點不合禮數啊！」

孔嵐赫然發現，那個出現在瀑布光影下的天狐女妖，竟忽然再次出現，而且這次並非只是折射的幻影，而是貨真價實的真身。

天狐女妖懸浮在半空之中，恰恰把甬道的唯一出口封住。

她好整以暇地搧着手上的繡花扇子，居高臨下地俯視着驚惶失措的眾人，臉上卻是一副楚楚可憐的表情。

見到她裝出一副受了委屈的樣子，戴樂天氣不打一處來，怒氣沖沖地朝她吼道：「像你們這種作惡多端的妖魔，也配談禮數嗎？」

他也不再跟她多說，取出斑斑手帶，便欲

上前跟她一決勝負，卻被身旁的程小黑一手拉住。

程小黑低聲地在他耳邊吩咐道：「小天，別衝動，這兒還有一幫小孩呢，我們必須確保他們的安全！」

「可是⋯⋯」戴樂天很不甘心，程小黑又再接着說：「你和龍爽先把孩子帶到別處躲一躲，這女妖就交給我和孔嵐來對付吧！」

「好吧！」為了孩子們，戴樂天只好無奈答應。

待他們走遠後，程小黑才回頭盯着天狐，二話不說地揚起小墨指環，向着天狐噴射出帶勁的寒冰柱。

「就憑你們這微末的修為，也想與我為敵？實在太不自量力了吧！」天狐從容地連連嬌笑，對於程小黑的攻勢不閃不避，只輕輕揚

了揚手中的繡花扇子，一道奇怪的光芒便向着程小黑直射過來。

被這道光芒一照，程小黑只感到眼睛一陣刺痛，忙下意識地閉起眼睛。

當他再次睜開眼睛的時候，卻見到眼前出現一個沙灘，沙灘旁邊有一間臨海而建的中式茶館，一位白髮蒼蒼的老人，坐在一張紅木桌前，一邊呷着熱茶一邊對着海邊含笑揮手。

看着老人親切的笑臉，向來冷靜的程小黑心頭一暖，忍不住低喚了一聲：「爺爺！」

就在這時，老人握着杯子的手忽然抖震得厲害，手中的杯子突然「噹」的一聲滑到地上。

「爺爺！」程小黑疑惑地喊，腳下不由地邁步向前。

「小黑，你怎麼啦？」孔嵐見程小黑的攻

勢戛然而止，而且神情有異，慌忙把他拉住。

誰知程小黑使勁地一把將孔嵐甩開，然後一個轉身，把原本指向天狐的小墨轉而對準了孔嵐。

「小黑，你怎麼了？」孔嵐吃驚地望着程小黑，發現他神情呆滯，目光中沒有焦點，登時明白他一定就像她之前一樣，中了天狐女妖的迷魂術。

「小黑，快醒醒，你現在眼前所看到的一切，都只是幻覺而已！」孔嵐大聲地直嚷嚷，並同時把髮髻上的金簪鳳兒拔下來，口中唸唸有詞。

鳳兒隨之應聲而出，「嗖」的一聲，向着天狐直飛而去。

天狐沒有把鳳兒放在眼內，只輕輕一笑，不慌不忙地把手上的繡花扇一甩。

繡花扇隨之脫手而出，帶着一股強勁的寒風，迎向直飛過來的鳳兒。

金簪的尖端跟扇子的長柄碰了個正着，發出清脆的「叮噹」聲。

這鏗鏘一聲傳入耳內，程小黑忽地抖了抖，好像被敲了一記似的，腦筋霎時變得清明，方才的茶館、沙灘等幻象，全部都沒有了。

天狐女妖的身影，再次清晰地出現在他眼前。

回復清醒的程小黑，見到孔嵐已經跟天狐動起手來，自然也不會袖手旁觀，立刻揚起小墨，便向着天狐噴去。

天狐不曉得程小黑已經破了她的法術，冷不防程小黑從旁偷襲，輕易便被寒冰噴了個正着，整個身子即時凝結成一根冰柱。

與此同時，鳳兒噴出來的熊熊烈焰，也正好落在天狐身上。

　　鳳兒噴出來的可不是一般的火，而是可以除魔滅妖的仙火。

　　動彈不得的天狐一碰到這道仙火，頓時發出一聲長長的嗚嗚，一團灰色的霧氣從她身上冒了出來。

　　金簪鳳兒立時像一部強力的吸塵機一般，把這團包含着邪惡的霧氣吸引過來，不消片刻便把霧氣全數吸了個乾乾淨淨。

　　當霧氣散盡的那一刻，身穿白色繡花紗裙的天狐女妖也隨之而不見了，取而代之的，是一隻全身雪白的狐狸。

　　那狐狸見自己回復了本來面目，只好倉皇地閃身逃跑，三兩下子便逃得沒影沒蹤。

　　第一次雙劍合璧便取得勝利，孔嵐和程小

黑都十分興奮，孔嵐更是高興得大跳了起來，高聲歡呼：「耶，終於把這隻千年女妖消滅了！」

當她興奮地往上一躍時，腳下卻忽然一下踏空，整個身子便離開了地面，直飛到遠處的龍爽和戴樂天等人面前時，才緩緩地落回地面。

「怎麼回事？我怎麼突然飛起來啦？」孔嵐感到莫名其妙。

跟孩子們等在遠處的龍爽見孔嵐親手把女妖一舉消滅，自然也十分欣喜，立即張開雙手迎了上前。

然而，當龍爽看清了孔嵐的樣子時，雙手卻猛然定在半空，張口結舌地喊道：「嵐嵐，你……你怎麼忽然就變成這樣了？」

孔嵐起初不以為意，以為爽爽又在捉弄自

己。

　　不過，當她望向程小黑和戴樂天，發現
他們同樣以一副看到怪物的驚愕表情盯着自己
時，她便明白自己一定是有什麼不對勁，連忙
急急低頭察看。

　　只見自己身上那套粉紅色碎花連身裙子，
竟不知何時換成了一襲火紅色縷金百鳥衣裳，
她的背部近肩膀處，還長出了一雙巨型的紅色
翅膀來。

　　「噢，原來我已經變身了？」孔嵐驚喜萬
分，立即原地轉了一圈，好奇地反手撫了撫柔
軟的羽毛，雙翼輕輕一拍，整個身子便再次飄
飛起來，懸浮在半空中。

　　望着眼前儀態萬千的孔嵐，龍爽不禁看得
出神，一臉羨慕地讚歎道：「唷，原來朱雀門
的神仙，都是這麼漂亮的嗎？」

戴樂天也毫不掩飾自己的訝異，嘴巴張得大大的，大驚小怪地直嚷嚷：「嵐嵐，原來你的小仙真身好可愛啊！」

程小黑也罕有地微微點頭道：「這樣的打扮，倒真是有幾分神仙的架勢啊！」

被大家連聲讚許，孔嵐倒是有些難為情地紅了臉。

她一臉慚愧地說：「我沒想過自己會順利晉級的！我不但無法走出妖怪的幻境，還一度讓那隻天狐女妖跑掉，幸虧最後有小黑幫忙，才能把她徹底消滅，我這個所謂小仙，也太名不副實了！」

龍爽不同意地搖搖頭道：「過程如何不重要，只要你最終能成功破了妖怪的幻術不就可以了嗎？這可不是一件容易的事，晉級是實至名歸啊！」

就在這時，一陣刺目的光芒從他們頭頂罩照下來，令一直處於昏暗環境下的孔嵐等人，無法睜開眼皮。

　　「怎麼回事？我們不是把所有妖怪都打跑了嗎？難道還有漏網之魚？」龍爽大吃一驚。

　　過了好一會，當他們適應了強烈的光線，慢慢睜開眼睛一看時，才發現原來他們又回到一大片澄黃的沙漠中。

　　「咦，這座不就是熟悉的孟卡拉金字塔嗎？太好了！」見到自己終於回到真實的世界，龍爽笑逐顏開。

　　至於那個帶着詭異氛圍的地下室，隨着他們的離開，也消失得了無痕跡。

　　他們所經歷的一切，恍惚都不過是一場夢。

　　孔嵐抬頭看了看身旁的程小黑，又看了

看自己，發現她和他都已恢復了本來面目，龍爽、戴樂天、薩米和其他孩子們，也全都安然無恙地站在身旁。

孔嵐立刻奔上前去，跟龍爽和戴樂天相互擊掌，欣喜地大聲歡呼：「耶！我們終於完成任務了！」

程小黑則交疊着雙手，淡然一笑道：「這不是理所當然的嗎？邪不能勝正嘛！」

這時，薩米和那些失蹤的孩子們，都陸續從迷糊中轉醒過來。

「我怎麼會在這兒的？」薩米眨了眨精靈的眼睛，往左右張望了一回，臉上是一片的迷惘。

其他孩子跟薩米一樣，發現自己處身於吉薩金字塔羣的大沙漠上時，都感到十分迷惑，顯然對於自己失蹤後的事情，全無記憶。

孔嵐見他們都是一副茫然不知的樣子，倒是安心地舒了一口氣：「太好了，不好的記憶，不記也罷！」

　　程小黑也點點頭道：「如此一來，仙妖間的秘密，總算是保住了！」

　　龍爽則趕忙跑到孩子們面前，連聲地安撫道：「別擔心，你們只是在沙漠中迷路而已，你們的爸爸媽媽已經在薩米的家等着呢，我們一起回家吧！」

　　當他們把孩子們領到薩米家樓下時，原本一片蔚藍的晴空突然風起雲湧，一個巨型的龍捲風在毫無預警的情況下，向着他們襲來。

　　一下子，他們再次身陷巨型的風眼之中。

第十二章
蛻變

　　當孔嵐從巨型的龍捲風上下來，再次睜開眼睛的一剎那，她詫異地發現自己並沒有像上次那樣回到家中，而是回到自己離開前身處的地方——國際青少年科技博覽會的展覽場館。

　　戴樂天仍然戴着龍爽的太陽能望遠鏡，欣賞着玻璃幕牆外的景色。

　　四周的一切，包括時間，都跟他們離開前一模一樣，就好像他們從來都沒有離開過似的。

　　對於這種「飛行模式」，大家似乎已經開始習以為常，但對於「降落」的地點，仍然有

點摸不着頭腦。

「為什麼會回到這兒的？」龍爽感到莫名其妙。

孔嵐深思了一會，猜測道：「這次的漩渦，跟過往最大的不同點，就是玄女沒有召喚我們。」

龍爽仍然想不明白：「那麼會是誰召喚我們？是妖怪嗎？」

戴樂天則若無其事地將太陽能望遠鏡小心地放回展示架上，然後晃了晃手上的斑斑手帶，有些得意地笑道：「管他是誰，反正透過這次冒險之旅，我們的修為都有所提升，就已經不枉此行啦！」

「也對，嵐嵐也成功晉升為見習小仙呢！」龍爽高興地接腔。

程小黑卻一臉謹慎地提醒道：「你們千萬

別輕敵！這些妖怪的妖術似乎是一個比一個高明，這次的狐妖居然懂得利用幻術讓人產生幻覺，實在防不勝防，日後我們跟他們交手時，都要加倍小心才好！」

「小黑說得對！」曾經領教過天狐幻術的孔嵐連連點頭，「以我們現時的法力，實在不足以跟他們抗衡，我們必須加倍努力提升法力才行！」

原來笑容滿臉的龍爽，忽然就有點洩氣地吁了一口氣：「你們倆都陸續晉級成為見習小仙，連小天也能操控法器了，就只有我仍然原地踏步，也不知要等到什麼時候才能成為真正的見習小仙呢！」

孔嵐連忙安慰她：「爽爽，你別灰心，我也不過剛學會施法而已，只要再多練習，你一定很快可以晉級的！」

龍爽見她說得有理，立時又再精神滿滿地點頭：「對，我要多練習！不如我們現在就去修煉啊？」

大家自然沒有異議，於是一行四人再次離開展覽館，來到位於戴樂天家後門一個植滿白樺樹的小山坡上。

這個小山坡位置偏僻，又有一大片白樺樹作天然屏障，是一個沒有人會注意的小角落，十分適合作為他們的修煉基地。

龍爽一穿過白樺樹叢，來到寬闊的草地時，便迫不及待地取出鱗片碧兒，開始練習仙法。

孔嵐也取出鳳兒金簪，預備進行練習。

然而，她才剛唸起咒語，便感覺到背上的一雙翅膀又突然冒了出來，手上的鳳兒閃爍不定。

正當她以為又有什麼妖怪出現時，一股金、黑色混合的氣流，突然從簪子內冒了出來，然後繞着簪子不停地轉圈。

當這團氣流轉了一圈後，那股黑氣便相對減弱了一點，當轉到第三、四圈時，那些黑氣已全然被金色的氣流所取代，片刻之間，鳳兒金簪變得更閃亮奪目。

隨着這一切結束後，孔嵐感到身子一輕，翅膀便又再縮了回去，變回原來的孔嵐。

看着眼前這一切的龍爽，頓時滿心羨慕地喊道：「哇，嵐嵐，你該不會又晉級了吧？」

孔嵐也有些迷茫地望着龍爽，尷尬地一笑：「我也不知道呢，但我感覺到鳳兒的力量，的確是有些增長，可能是把天狐的修為吸收了的緣故吧！」

「哇，原來鳳兒能淨化妖怪的修為啊！

我也收伏了十多隻小狐狸，是不是也能晉級呢？」戴樂天連忙取出斑斑手帶，依樣畫葫蘆地唸起咒語來。

斑斑手帶也隨即湧現一股黑白色的氣流，不消一刻，氣流由黑白色逐漸變成白色，而斑斑的主人戴樂天，卻忽然在他們眼前消失。

「小天呢？」龍爽好不訝異。

然而下一刻，當她再仔細地多看一眼時，才發現原來小天不是不見了，而是變成了另一個人。

只見眼前這個小天，披着一頭銀白如絲的長髮，身穿一襲雪白的綢緞長袍，白袍上還繡着一隻靈動的白虎，既威武又帥氣，活脫脫就是一位飄逸的翩翩少年。

龍爽有些不敢相信地拭了拭眼睛，結巴地問道：「不是吧？你……你就是那個連頭髮都

理不好的戴樂天？」

「唷，原來小天的真身，是一名小帥哥啊！」孔嵐也忍不住讚歎。

程小黑歪着嘴角笑道：「小天，你這算是真人不露相嗎？嘿嘿！」

龍爽原本也高興地笑着，但漸漸地，她的笑容凝住了。

她鼓着氣，連聲地抱怨：「剛開始的時候，分明是我首先學會使用鱗片碧兒，帶着大家到處去捉妖的。」

她語氣一頓，不忿的情緒也就更強烈了：「可是，現在你們不但全部晉升了，而且法器都是一個比一個厲害，既能降魔伏妖，又可以把妖怪的修為據為己有。可我的碧兒，充其量就是個載客的飛碟，毫無殺傷力，教我如何能晉級嘛？這樣太不公平了！」

她越說便越感委屈，竟一時氣憤，把碧兒鱗片一把摘下來，嫌棄地像甩小石子似的，把它往天空甩了出去。

「怎麼連自己的法器也不要了啊？你這樣做它會傷心的！」一把溫柔的聲音傳入耳畔。

天空的浮雲再次形成了小漩渦，一個紫色的倩影從雲端上下來，把被甩到半空的碧兒一手接住，然後款款地來到龍爽的身前。

原來來人正是玄女姐姐。

一身輕薄衣裙的玄女，笑意盈盈地望着龍爽道：「你們的法器是陪伴你們出生入死的好拍檔，隨着主人功力的增長，功能也會相應增多的！」

「真的？」龍爽仍然半信半疑。

孔嵐卻一臉恍然大悟地說道：「喲，怪不得我跌入天狐幻境時，曾經能令洪水聚攏！

這麼説來，只要我再潛心修煉，説不定有朝一日，可以真的操控洪水啊！」

玄女笑着點點頭：「只要好好修煉，什麼都有可能！」

聽到她們這番對話，龍爽精神為之一振，不滿的情緒一下子全都沒有了。

從玄女手上接過鱗片碧兒後，龍爽輕撫着鱗片，軟聲細語地安撫着説：「碧兒啊碧兒，對不起啦，是我錯怪了你，你可別生氣啊！」

鱗片碧兒身上，旋即閃過一絲碧綠的光芒。

龍爽把閃亮的碧兒高舉起來，鬥志滿滿地向其餘三人喊話：「你們別得意，我只是一隻暫時被困在蛹中的蝴蝶而已，只要加倍努力修煉，很快便可以蛻變成功，變身成比你們都漂亮的小仙呢！」

孔嵐、程小黑和戴樂天很有默契地一擁而上，四隻手掌互相交疊，齊聲喊道：「好，預祝爽爽早日成功蛻變，跟我們並肩作戰，降魔伏妖，保護天下蒼生！」

見習小仙 2
埃及試煉之旅

作　　者：卓瑩
繪　　圖：SANDYPIG
責任編輯：張斐然
美術設計：許鍩琳
出　　版：新雅文化事業有限公司
　　　　　香港英皇道499號北角工業大廈18樓
　　　　　電話：(852) 2138 7998
　　　　　傳真：(852) 2597 4003
　　　　　網址：http://www.sunya.com.hk
　　　　　電郵：marketing@sunya.com.hk
發　　行：香港聯合書刊物流有限公司
　　　　　香港荃灣德士古道220-248號荃灣工業中心16樓
　　　　　電話：(852) 2150 2100
　　　　　傳真：(852) 2407 3062
　　　　　電郵：info@suplogistics.com.hk
印　　刷：中華商務彩色印刷有限公司
　　　　　香港新界大埔汀麗路36號
版　　次：二〇二三年五月初版

版權所有・不准翻印

ISBN: 978-962-08-8199-2
© 2023 Sun Ya Publications (HK) Ltd.
18/F, North Point Industrial Building, 499 King's Road, Hong Kong
Published in Hong Kong SAR, China
Printed in China